Maria

EL DRAGÓN QUE NO TENÍA FUEGO

Dibujos de Quim Bou

Había una vez un pequeño dragón
que se llamaba Pascual y vivía
en un lejano planeta.

HABÍA UNA VEZ UN PEQUEÑO DRAGÓN
QUE SE LLAMABA PASCUAL Y VIVÍA
EN UN LEJANO PLANETA.

A veces, Pascual estaba triste
porque, como era muy pequeño,
aún no tenía fuego y no podía
jugar a quemar pelotas,
que era el deporte nacional.

A VECES, PASCUAL ESTABA TRISTE
PORQUE, COMO ERA MUY PEQUEÑO,
AÚN NO TENÍA FUEGO Y NO PODÍA
JUGAR A QUEMAR PELOTAS,
QUE ERA EL DEPORTE NACIONAL.

Un día de tormenta que se aburría mucho,
se sujetó a un luminoso relámpago
y así pudo viajar hasta la Tierra.

UN DÍA DE TORMENTA QUE SE ABURRÍA MUCHO,
SE SUJETÓ A UN LUMINOSO RELÁMPAGO
Y ASÍ PUDO VIAJAR HASTA LA TIERRA.

Cayó cerca de Olot en un día lluvioso.
Mojado de pies a cabeza y temblando,
se escondió bajo un árbol.

CAYÓ CERCA DE OLOT EN UN DÍA LLUVIOSO.
MOJADO DE PIES A CABEZA Y TEMBLANDO,
SE ESCONDIÓ BAJO UN ÁRBOL.

Poco a poco dejó de llover
y bajo la luz de las estrellas
vio un grupo de niños
que prendieron una hoguera.

POCO A POCO DEJÓ DE LLOVER
Y BAJO LA LUZ DE LAS ESTRELLAS
VIO UN GRUPO DE NIÑOS
QUE PRENDIERON UNA HOGUERA.

Cuando las brasas estuvieron a punto, los niños se pusieron a tostar castañas. Mmm..., ¡qué bien olían!

CUANDO LAS BRASAS ESTUVIERON A PUNTO, LOS NIÑOS SE PUSIERON A TOSTAR CASTAÑAS. MMM..., ¡QUÉ BIEN OLÍAN!

¡Ya no se pudo resistir!
Pascual se acercó,
les preguntó si se podía calentar
y les contó que no tenía fuego.

¡YA NO SE PUDO RESISTIR!
PASCUAL SE ACERCÓ,
LES PREGUNTÓ SI SE PODÍA CALENTAR
Y LES CONTÓ QUE NO TENÍA FUEGO.

Después de mucho pensar,
tuvieron una idea: en Olot hay volcanes,
¡y los volcanes tienen mucho fuego!

DESPUÉS DE MUCHO PENSAR,
TUVIERON UNA IDEA: EN OLOT HAY VOLCANES,
¡Y LOS VOLCANES TIENEN MUCHO FUEGO!

Al día siguiente, para ayudar
a Pascual, los niños hicieron
una trenza larguísima
con las sábanas de sus camas
y Pascual bajó para buscar
fuego dentro del volcán.

AL DÍA SIGUIENTE, PARA AYUDAR
A PASCUAL, LOS NIÑOS HICIERON
UNA TRENZA LARGUÍSIMA
CON LAS SÁBANAS DE SUS CAMAS
Y PASCUAL BAJÓ PARA BUSCAR
FUEGO DENTRO DEL VOLCÁN.

Muy feliz, después de otra tormenta,
Pascual subió en el arcoíris
y pudo volver a su planeta,
listo para jugar a quemar pelotas.

MUY FELIZ, DESPUÉS DE OTRA TORMENTA,
PASCUAL SUBIÓ EN EL ARCOÍRIS
Y PUDO VOLVER A SU PLANETA,
LISTO PARA JUGAR A QUEMAR PELOTAS.

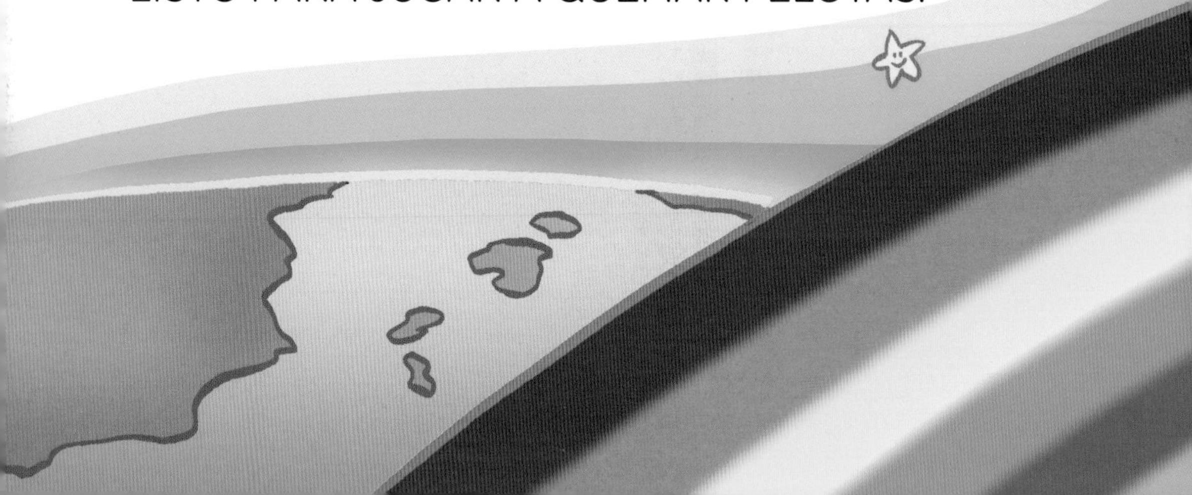

Pero dicen que cada año,
por el día de Todos los Santos,
vuelve a la Tierra para ver
a sus amigos y les tuesta castañas
con su aliento de fuego.

PERO DICEN QUE CADA AÑO,
POR EL DÍA DE TODOS LOS SANTOS,
VUELVE A LA TIERRA PARA VER
A SUS AMIGOS Y LES TUESTA CASTAÑAS
CON SU ALIENTO DE FUEGO.

LOS NIÑOS AYUDARON A PASCUAL
AL VER QUE LO NECESITABA.
Y TÚ, ¿LO HUBIERAS HECHO?

1.ª edición: septiembre de 2019
...
9.ª edición: febrero de 2021

C. Ribot i Serra, 162 Bis
08208 - Sabadell (Barcelona)

ISBN: 978-84-17210-24-3
Depósito legal: B16234-2019
Impreso en Toppan (China).

El papel utilizado en este libro procede de fuentes responsables.